좋은 사람이길 포기하면
편안해지지

IIHITO WO YAMERU TO RAKU NI NARU by Ayako Sono
© 1999 by Ayako Sono
Original Japanese editon published by Shodensha Publishing Co., Ltd.
Korean translation rights arranged with Shodensha Publishing Co., Ltd.
through Japan Foreign-Rights Centre/Imprima Korea Agency

# 좋은 사람이길 포기하면 편안해지지

소노 아야코 에세이

오경순 옮김

사람으로부터 편안해지는 법

책읽는고양이

# 서문

최근 몇 년 간 마음이 편치 않은 일들이 가끔 있었다.

세상 많은 사람들이 일제히 인도주의를 소리 높여 부르짖고 있다. 자연 보호, 원자력 발전소 반대, 댐 건설 반대 등.

그러나 나는 대체로 어떠한 주장에도 명확한 확신이 없다. 나는 밭일을 좋아하므로 아마도 자연을 사랑하는 마음이야 있겠지만, 그와 동시에 말라리아 예방을 위해서는 적어도 우리 집 주변의 자연 그대로 방치된 나무들을 베어내지 않았다면 도저히 생활하기 힘들지 않았을까 하는 생각을 해본다.

나는 매우 약삭빠르고 착하지 않은 인간임을 더더욱

분명히 자각하게 되었다.

　그러나 좋은 사람이기를 포기한 것은 훨씬 오래 전부터다. 이유는 단순하여 좋은 사람 노릇을 하다보면 쉬 피곤해짐을 깨달았기 때문이다. 그에 비해, 나쁜 사람이란 딱지가 붙으면 쉽게 바뀌지 않기에 안정적이다. 좋은 사람은 그렇지 않은 면을 조금이라도 보이게 되면 바로 비판받고 평가가 뒤바뀌어 눈밖에 나기 때문에 참 딱한 노릇이다.

　내 인생의 남은 시간도 이제는 많지 않지만, 아직 쓰고 싶은 이야기는 있다. 그러한 테마를 띠는 작품들을 정리하다보니 내용은 온통 인간의 악한 모습이었다.

　그러나 나는 악을 흥미 본위로 쓰려는 생각은 없다. 원래 빛이란 묘사 불가능하기 때문에 인상파는 짙은 그림자를 그렸다. 그와 마찬가지로 우리들 마음을 비추는 강한 빛을 묘사하기 위해서는 어두운 그늘을 그릴 수밖에 없다는 것이 내 나름대로 내린 자그마한 결론이다.

　아주 오래 전부터 내 마음속에서 일고 있던 마음가짐을 보여주는 하나하나의 이야기들을 여기에 한데 모았다.

　좋은 사람 노릇하기에 신물이 났거나, 그만 지쳐버린

사람들이 이 책을 읽어준다면 더 이상 바랄 게 없다. 작가가 누릴 수 있는 그야말로 최고의 행복일 테니까.

소노 아야코

차례

## 성악설의 권장

대다수의 일본인은 성선설이다. 성선설 쪽이 당연히 밝고 따스하게 느껴지겠지만, 나 자신을 곰곰 돌이켜보면 오래 전부터 성악설을 취하고 있었다.

성선설 쪽이 얼핏 생각하기에 무리 없고 편안한 듯하나, 그 쪽은 배신이라도 당한다면 아연실색하고 말 것이다. 그러나 나처럼 성악설을 따르면 의심은 대부분 기우로 끝나고 그럴 때마다 내 성격의 삐딱함에 대한 고민은 있었어도, 좋은 사람을 만나 즐거웠던 기쁨은 오히려 더 크게 남곤 한다. 다시 말해 성악설 쪽이 결과적으로는 언제나 깊은 자성(自省)과 행복을 선사하는 아이러니라고나 할까.

## 자신의 악을 자각하는 사람

　어느 정도 악의 냄새를 풍길 만한 소지를 지니고 있음을 자각하는 사람은 누구나 좋은 인상을 갖고 있다. 열등감 또한 인간적이다. 자신은 나쁜 일을 일체 하지 않는다고 자신하는 사람에 비하면 말이다.

## '적당한 악' 과의 공생

'적당한 악' 과 공생하며 살아간다는 인식은 내게 대단히 중대한 의미를 부여한다. 만약 내 의식에 '적당한 악' 에 대한 자각이 없다면 나는 바로 인간성을 잃는다. 자신이 대단한 인도주의자라 생각한다면 그 순간부터 누구든지 악취를 뿜어내게 된다.

그러나 오늘날에는 적당한 악을 자신에게도 타인에게도 결코 인정하지 않는 자칭 휴머니스트가 있다. 그런 사람들은 오늘날 사람들이 향유하는 모든 편리함을 똑같이 누리면서도 발전소의 건설에는 반대하며, 언론에 발언하여 돈을 벌면서도 종이의 원료인 숲을 베는 일에는 반대한다.

살아간다는 것 자체가 사람들을 적잖이 곤혹스럽게 한다. 적당하게 대지를 오염시키고, 숲을 황폐화시키고, 물과 공기를 더럽히고, 적당하게 타인이 누리는 편리함이나 행복의 몫을 완력으로 빼앗는다. 그러한 양심의 가책을 어느 정도 줄이고자 노력할 때 비로소 인간은 조금이나마 타인을 배려하는 행동을 취하게 된다.

나는 평생 적당하게 나쁜 일을 해왔기에, 적당하게 좋은 일을 할 수 있기를 소망하며 살아가고 싶다.

## 자기 안에 있는 추한 열정

우리들은 누구를 존경할 때에도 깊이 감동하여 기쁨을 맛보지만, 때로는 누구를 경멸하는 일에도 부질없는 자신감을 내세우며 기분 전환을 꾀한다. 사실 인간은 누구나 오십보백보지만, 자기 안에 있는 추한 열정을 다른 사람이 대신해주면 마음놓고 그 사람을 경멸할 수 있다. 그러므로 그런 일이 생길 때마다 우리들은 매우 기뻐한다.

되도록 진지하고 싶지 않다

　농담조차도 진지하지 않으면 용서 못한다는 사람이 있지만, 나는 말뿐이라면 되도록 진지하고 싶지 않다고 줄곧 생각해왔다. 그런 편이 정신 건강에도 좋기 때문이다.

## 우선은 냉정하게 생각한다

세상은 결코 만만한 데가 아니라는 생각 덕분에, 나는 그보다도 훨씬 나은 세계를 맛보았다. 모든 것은 비교의 문제다. 내가 부정적이고 냉정하게 생각했던 것보다 사람의 마음은 훨씬 따뜻했다. 거의 모든 사람에게 다채롭고도 놀랄 만한 재능이 잠재해 있었다. 그리고 무엇보다도 항상 나쁜 일만 기대하면 결코 운명은 그렇게 되지 않음 또한 아이러니였다.

나쁜 게 당연하다고 생각하면 인생은 의외로 좋은 일 천지다. 반면 사회라는 곳이 평화롭고 안전하고 바른 것이 정상이라 믿고 있으면 모든 것에 소홀하게 되고, 좋은 점은 당연하다고 생각해 감사의 마음조차 가지지 않게 되며, 나와 견해가 다른 사람을 인정하는 능력도 결여된다. 뿐만 아니라 조금만 어긋나도 금방 화를 내고 실망하게 된다.

## 자신의 추한 점을 분명하게 의식한다

감추고 싶은 데에는 여러 가지 이유가 있다. 그중 가장 큰 이유는 남에게 잘 보이고자 하는 욕망이다. 물론 자신을 꾸며 조금이라도 더 잘난 사람으로 보이고 싶은 생각은 누구에게나 다 있다. 착하고 성실하고 머리도 좋고 기왕이면 미인이라고까지 생각해주기를 우리들은 원한다.

그러나 일정 부분은 가릴 수 있어도 전부를 가릴 수는 없다. 오히려 자신의 추한 부분, 불쾌한 부분을 분명하게 의식하고 또 그것에 비애를 느낄 때라야 그 사람의 정신은 자유로워져 정신 자세도 자연히 건전해진다.

게다가 이 세상은 내 신상에 처음으로 일어났을 법한

수치란 없다. 그런 식의 사고는 오히려 '우물 안 개구리'
식 발상이다. 내가 고통스러워하는 수치는 이 지구상에
서 수만, 수십만 사람이 이미 겪었던 수치일 따름이다.

## 남의 불운에 대해 은밀하게 안도한다

자신이 느끼지 않은 고통은 없는 것과 마찬가지다. 자신이 처해보지 않은 운명은 이야기로밖에는 느끼지 못한다. 세상에는 죽음, 위험, 손실, 질병, 불쾌감 등이 항상 존재하지만 제비뽑기를 잘못하지 않는 한 나에게 돌아오지 않으므로 신경 쓸 필요가 없다는 것이 일반적 자세다.

그뿐만 아니라 때로 인간은 불운이 자신이 아닌 타인에게 갔다는 사실에 은밀한 안도나 행복감까지 느낀다.

최악의 인간 관계는 서로가 상대의 고통에는 관심이 없고, 상대가 자신의 관심에만 주목해야 한다고 느끼는 인간 관계이다. 반대로 최고의 인간 관계는 자신의 고통이나 슬픔은 되도록 혼자 조용히 견뎌내며, 아무 말 하지

않아도 상대의 슬픔과 고통을 무언중에 깊이 헤아릴 수
있는 관계이다.

## 궁지에 몰리면 뭐든 한다

개인이든 국가든 생존이란 대단히 힘든 일이다. 그렇기 때문에 어느 정도의 악행은 암암리에 인정할밖에 별 도리가 없다.

궁지에 몰리면 대부분의 사람들은 무엇이든 한다. 굶기라도 하는 날이면 날치기든 싸움이든 절도든 태연하게 자행한다. 우리 마음속에는 계산기 같은 것이 장착되어 있어 나의 삶이 위협당하면 타인의 생명까지도 경시할 수 있다는 생각이 들 때가 있다.

이런 비겁함을 그대로 인정하고 싶지 않지만, 나이가 들면 모두 그 존재를 인정하게 된다. 달리 뾰족한 방법이 없다는 것이 안타까울 뿐이다.

## 유치한 책임감에서 놓여난다

예전에 나는 불면증이 있었다. 잘 자고 머리를 맑게 하지 않으면 좋은 작품을 쓸 수 없다는 일종의 유치한 책임감 때문이었다.

그러나 지금은 전혀 그런 생각을 하지 않는다. 수면 부족의 몽롱한 상태로 써도 소설은 소설이다. 그러한 작품을 편집부에 넘겨주는 것이 물론 바람직하다는 말은 아니지만, 인간은 좋은 일만 하며 살아갈 수는 없다. 오히려 적당히 그때그때 얼버무리며 넘어갈 때가 더 많다. 그렇다면 가끔은 모른 척 졸작을 편집부에 넘겨줄 정도의 조그마한 사기쯤이야… 오히려 이런 나의 적나라한 모습이 드러나는 편이 소설을 쓸 수 있는 바탕이 되는 건 아닐는지.

## 온정과 냉정 둘다 도움이 된다

나는 기독교 덕에 인간의 분열된 마음이야말로 인간답다는 사실을 비교적 젊었을 때부터 깨달았다. 그대로 내버려두면 인간은 존엄성을 잃어버릴 정도로 타락하기 쉽다는 말이 성서에는 가득 차 있다. 한편 신앙에 따라, 혹은 그 사람에게 내재된 덕성에 따라, 인간을 뛰어넘은 위대한 존재가 가능하다는 사실도 우리는 알고 있다.

냉정과 온정은 둘다 인간의 능력을 최대한으로 끌어올리는 데 도움이 된다. 온정으로 다시 일어서는 때도 있지만, 아무도 도와주지 않는다는 판단을 내렸을 때 우리들은 생각지도 못한 힘을 발휘하기도 한다. 그러므로 어느 한쪽이라도 없으면 우리들은 살아가기 힘들다.

관대함의 경우 온정으로 사람을 용서하는 이는 참 많다. 우리들은 대체로 심술쟁이다. 상대가 마음에 들지 않으면 그 사람을 괴롭히는 수를 쓴다. 만약 상대가 별반 안중에 없었던 사람이라면, 상대의 잘못이나 무능력을 몰아세울 일도 없다. 냉정함이란 그런 경우 도움을 주는 '최저의 덕'이다.

## 노력하는 이가 주는 곤혹스러움

열심히 노력하는 이는 실은 곤혹스런 존재다. 게으름뱅이라고 자처하는 사람은 자신에게나 타인에게나, 또 회사나 사회에 마음의 빚이 있으므로 결코 으스대지 않는다. 그 결과 자신의 본질과 평판이 상당히 일치한다.

그러나 노력하는 사람은 자신이 정당한 일, 훌륭한 일을 한다고 자부하기 때문에 타인도 자신처럼 행동하기를, 또 타인이 자신에게 반드시 감사와 칭찬을 해주기를 마음속으로 요구한다.

## 센세이셔널한 사건을 좋아한다

우리들은 누구나가 센세이셔널한 사건이나 악인을 규정짓기를 좋아한다. 내 가족이나 지인이 아닌 타인의 죽음에는 그다지 상처받지 않고, 동물의 죽음이나 상처에 대해서는 인간 이상으로 불쌍히 여기며, 나와 상관없는 먼 지역의 댐이 터져 무너지면 흥미롭게 지켜보며 심심치 않아 한다.

## 악을 분명하게 인식한다

그림자를 진하게 그림으로써 화가는 빛의 세기를 나타낸다.

악을 분명하게 인식했을 때에만 우리들은 인간의 극한 가능성으로써의 위대한 선을 생각한다. 악의 그림자가 없음은 동시에 유아성을 의미한다. 우리들은 최대한 성숙한 인간이 되지 않으면 안 된다. 이를 위해서는 맑은 물에만 몸을 두지 말고 탁류에도 부대낄 일이며, 내 손은 깨끗하다고 생각하지 말고 언제나 진흙투성이라고 생각할 일이다. 언제나 나는 강하다고 자신하지 말고 나의 나약함을 확인할 수 있는 용기를 가질 일이다.

## 평화와 동시에 싸움도 좋아한다

인간은 본질적으로 평화와 동시에 싸움도 좋아한다.
그러므로 인간은 누구나 평화만을 좋아한다는 잘못된 인
식 위에 세상사를 이야기하면 토론이 수박 겉핥기 식이
돼버리고 만다.

## 썩는 부분 없이는 인생의 향기도 없다

썩기 시작한 과일과 마찬가지로 마음이 병들고 있는 사람은 사회나 주위에 왕왕 폐를 끼치지만, 가끔은 근사한 향기도 발산한다. 물론 상식적으로 말하면 과일은 썩지 않은 편이, 사람의 마음은 병들지 않은 편이 좋다. 그러나 썩는 부분 없이는 인생의 향기도 없다.

2부

# 있는 그대로 둔다

## 저 사람은 원래 저런 사람이니까

나는 대부분의 친구들과 몇 십 년 동안 교제를 지속하고 있는데, 내가 올바른 사람이라거나 시원시원한 성격이라서가 아니다. 입이 거칠고 성격이 제 멋대로라도, 구두쇠인데다 성격이 조급하고 신경질적이라도, 또 가정에 문제가 있다 하더라도, "저 사람은 원래 저런 사람이니까 뭐" 하면서 재미있어 하며 친구들이 나와 교제의 끈을 놓지 않기 때문이다. 우리들은 서로의 행동을 웃음 거리 취급하면서도 우정을 간직한다. 단지 친구에게 한 가지 탁월한 면이 있고 그것을 인정해주는 안목이 서로에게 있다면 우정은 지속된다.

탁월한 면이라 하면 세상 사람들은 으레 상식적으로

플러스 의미로밖에는 생각하지 않는다. 그러나 세상은 매우 복잡하여 수재가 아닌 범인, 협조가 아닌 비협조, 근면이 아닌 게으름, 유복이 아닌 빈곤, 때론 건강이 아닌 질병조차도 그 사람을 완성시키는 힘을 지닌다.

## 왠지 잘 맞지 않는 상대와는

왠지 잘 맞지 않는 상대와는 무엇이든 무리할 필요가 없다. 어디라도 좋으니 마음이 맞는 직장을 찾아 마음 편하게 일하는 게 최고다.

나는 가톨릭의 영향으로 속세의 일은 "버리는 신이 있으면 줍는 신도 있다"는 사고를 은근히 좋아했다. 모든 사람에게 정당하게 이해받으려 들면 무리가 따른다. 마음이 맞는 사람끼리 어떻게든 무슨 일이든 해나가다보면, 그러는 사이에 순조로운 결과가 나오는 법이다.

내키지 않는 일에는 더 이상 구애받고 싶지 않다


내키지 않는 일에는 더 이상 구애받고 싶지 않다. 단일 분이라도 한 시간이라도, 아름다운 것, 감동할 만한 것, 존경과 경이로 바라볼 수 있는 것, 그리고 무엇보다도 내가 좋아하는 일을 하고 싶다. 사람을 두려워하거나, 추하다고 느끼거나, 때로는 업신여기고 싶은 마음으로 내 인생을 낭비하고 싶지 않다.

불어오는 바람처럼 언제나 솔직하고 부드럽게 시간의 흐름 속에서 심히 원망하는 일 없이 살아가고 싶다.

## 시작이 제로일 때 플러스 교제가 가능하다

대부분의 인간 관계는 처음은 좋은 사람처럼 보여도 점차 실망하는 경우가 많다. 나에게는 재미있는 반대의 기억이 있다.

내가 매년 장애자와 함께하는 여행을 이번까지 십년 이상 계속해왔다는 사실을 인터뷰하면서 알게 되자, 그는 자신도 도우면서 참가하고 싶다고 했다.

그로부터 전화가 걸려온 날은 여행 신청 마감일에서 보름 정도 지났을 무렵이었다.

"여행 같이 가려고 했는데 벌써 정원이 다 차서 마감 됐다면서요?" 그가 말했다.

"언제 신청을 하셨죠?"

"방금 전입니다."

'지나도 한참 지났잖아….' 속으로 이렇게 투덜거리며 말했다.

"하지만 직전이 되면 포기하는 사람이 으레 나오는 법입니다. 당신이나 나나 여행에 익숙하니 준비를 다 해 놓고 수일 전에 취소하는 사람이 생기면 가는 걸로 하면 어떨까요?"

그러자 그가 대답했다.

"예, 하지만 저는 별로 여행에 익숙하지 않습니다. 대개 수상의 전용기로 날아가서 목적지 나라에 도착하면 군인들이 짐을 내려주는 그런 여행이 많았거든요."

전화를 끊고 나는 비서에게 상대의 말투를 흉내내며 작정하고 욕을 했다.

"그래서 기자들은 문제야. 특권 의식 집단이라니까. 신청 마감일 따위 지키지 않아도 어떻게 되겠지 하는 안일함은 또 어떻고."

그런데 그는 출발 당일이 되자 보란 듯이 나리타 공항에 모습을 드러냈다. 그리고 마치 주전 투수처럼 여행 내내 휠체어를 밀며 다리가 불편한 사람을 돌봐주고 끝까지 맹인의 말벗이 되어주었다.

이런 만남은 좀처럼 드문 과분한 즐거움이다. 처음에
는 평범한 인상 아니 오히려 마이너스 상태에서 시작했
는데, 점차 그 사람의 자연스런 인간미에 빠져드는 흐뭇
한 과정을 경험했기 때문이다.

## 나와 똑같기를 상대에게 강요하지 않는다

미움받아 할 수 없지 하며 제쳐둘 수도 없고, 상대가 이해하도록 노력해야 하는 것이 어느 정도는 의무라고 생각한 적도 있다. 하지만 세상에는 도저히 어쩔 도리가 없는 일이 종종 있다. 미움받는 것도 그중 하나다. 미움 받으면 힘없이 고개를 떨구는 수밖에 없다. 만약 그것이 순수한 실책이었다면 사과하고 고칠 수도 있지만, 그것이 사상적 선택의 결과였다면 "죄송합니다. 당신이 말하는 대로 하겠습니다."라고도 할 수 없다. 자신을 버리는 일이 되기 때문이다.

자신이 할 수 없는 일은 다른 사람에게도 요구하지 않을 일이다. 사람은 생각이 다른 채로 단지 기본적인 문제에 대해서만 서로 도와야 한다. 목숨을 지키는 일, 병을 치료하는 일, 아이에게 읽기, 쓰기를 가르치는 일과 같은 기본적인 행위는 의견이 상당히 다른 사람과도 가능하다.

## 나쁜 사람이 아니라 가치관이 다를 뿐이다

나 자신도 그랬지만 젊었을 때는 자신의 약점을 당당하게 드러내는 일이 참 어렵다. 지금은 다르다. 이제 이 세상에는 어떠한 일이든 있을 수 있다는 것을 알고 있기 때문이다.

친구를 좋은 사람, 나쁜 사람으로 가르는 마음가짐은 좋지 않다. 좋은 사람은 많겠지만 모든 면에서 다 좋은 사람은 없다. 나쁜 사람도 가끔은 있겠지만 정말로 나쁜 사람은 극소수다. 사귀기 힘든 경우도 있지만, 그것은 상대가 나빠서가 아니라 단지 가치관이 다를 뿐이다.

## 인과응보가 아니라서 인생은 매력적이다

어떤 사람이 행운을 움켜쥐었다고 해서 그 사람이 반드시 착한 사람이거나 올바른 사람은 아니다. 약간의 인과 관계는 있을지 모르겠지만 완전히 백 퍼센트 작용하지는 않는다. 반대로 어떤 사람에게 불행이 닥쳤다 해서 그 사람이 벌을 받고 있는 게 아니라는 것도 마찬가지다.

승부에서 이기든 지든 그 사람의 생활 철학의 옳고 그름의 결과가 아니다. 관계가 전혀 없다고는 할 수 없겠지만, 운명은 그보다 훨씬 깊은 곳에서 보이지 않는 손에 이끌리고 있다.

우리가 사는 이 세상에 정확히 인과응보가 있다면 그것은 자동 판매기와 같다. 좋은 일을 한 만큼 좋은 결과를 얻는다면 그것은 상행위와도 같다. 그것을 노리며 좋은 일을 하는 그런 사람으로 넘쳐나고 말 것이다. 우리가 착한 일을 하는 이유는 대가가 없더라도 한다는 그런 순수성 때문이다.

## 의견도 취미도 성향도 다 다른 사람들 덕분에

세상을 둘러보면 부모 자식 간에는 자식이 아무리 어리석은 일을 저질러도 자식을 버리는 부모는 거의 없다. 좀더 엄격하게 키웠더라면 그 아이도 응석받이는 되지 않았을 텐데, 하고 후회는 하겠지만 말이다.

그러나 친구의 경우 우리들은 대단히 이성적이 된다. 갈대 잎이 한 번이라도 꺾일 것 같으면 "저건 안 되겠는걸. 잘라버리는 게 좋겠어." 심지가 조금이라도 불에 잘 타지 않으면 "이제 새 심지로 바꿔야겠는걸." 하게 된다.

갈대를 잘라버리면 안 되며, 심지를 꺼버리면 안 된다는 말은 비통한 절규로 들린다. 만일 적당한 때에 갈대를 자르고 심지의 불을 꺼야 마땅하다면, 인간의 경우 그 사람의 존재를 없애버리는 일이 되기 때문이다.

　생각해보면 우리들은 그 누구를 없애버릴 정도의 판단과 용기를 가졌을 턱이 없다. 그뿐 아니라 대부분의 경우 나와 의견도 취미도 성향도 다른 사람들 덕에 우리들은 살아가고 있는 것이다.

## 상처받은 사람

부아가 치미는 일이 세상엔 얼마든지 있다. 그럴 때 파괴적인 행동도 불사하고 싶은 충동쯤은 누구나 겪는다. 이런 상황에서 보통 사람은 쩨쩨함을 드러낸다. 휙 하고 몇 시간씩 사라져버리는 사람, 말을 하지 않는 사람, 홧김에 술을 마시는 사람, 토라져서 그냥 자버리는 사람, 충동 구매, 거식증, 장시간 통화, 홧김에 불륜을 저지르는 일까지 있다고 한다.

그러나 대부분의 경우 극단적인 결정을 내리지는 못한다. 왜냐하면 우리 대부분은 인내할 수 있을 만한 건강과 건전한 정신을 갖고 있기 때문이다.

누구의 잘잘못을 떠나 비극은 이렇게 시작된다. 사람

은 견딜 수 있는 한도를 넘어서는 순간 고압 전류가 흐르듯 가치관이 백팔십 도 완전히 뒤바뀌는 경우가 있다. 그 순간은 이미 자신의 모든 생애를 포기하는 것쯤은 아무렇지도 않게 된다. 나는 그 기분을 너무나 잘 안다.

친절한 사회란 이를테면 이렇게 상처받은 사람과 이후 여느 때와 마찬가지로 아무 일 없이 지내는 걸 의미한다.

## 잘 모르는 일들에 관여하지 않는다

평상시 굳게 믿고 있는 가치가 어긋나게 되면 화를 내는 사람과 상쾌한 기분을 느끼는 사람이 있는 듯하다. 나는 후자 쪽인데, 그 이유는 내가 무책임한 사람이기 때문이다. 화를 내는 쪽은 책임감이 강하며 새로운 사태에 항상 자신이 충분히 관여하고 있을 뿐 아니라 좋은 생각을 갖고 있다고 자신하기 때문에 앞길이 가로막히면 화를 내게 된다.

그러나 나는 대부분의 일들은 나와는 관계가 없다고 생각한다. 내 집 부엌이나 손바닥만한 야채밭 관리에 대해서라면 굉장히 말이 많지만, 내가 소속된 단체나 국가, 21세기 지구의 운명 등은 솔직히 어떻게 되든 상관없다.

어차피 그때쯤이면 나는 이미 하늘나라에 가고 없을 테
니까. '어떻게든 마음대로 생각하라' 라는 입장이다.

3부

# 좋은 사람이길 포기한다

## 이치에 맞지 않으면 거절한다

부탁받으면 거절하지 못하는 여린 마음이 내겐 예전부터 없었다. 마땅히 있어야 할 감정이 결여되어 있는 것인지도 모르지만, 나는 어떤 상대이건 이치에 맞지 않으면 거절한다. 서운하게 생각하더라도 할 수 없는 일이다. 바꿔 말하면 나는 훨씬 이전부터 그다지 좋지 않은 사람으로 여겨져왔기 때문에 이제 와서 새삼 좋은 평가를 받기도 어렵다.

## 미움받아도 어쩔 수 없다고 생각한다

　꼼꼼한 사람일수록 신경 질환에 잘 걸린다. 남들이 혹시 자기를 좋아하지 않을 거라 생각되면 경계하게 된다. 실패나 인정받지 못함을 용납하지 못하면 불면증이 된다.

　그러나 딱히 나에게 특별한 악의가 없는 한, 타인으로부터 미움을 받아도 달게 받아들일 수밖에 없다고 생각하고 있다. 한 사람에게 미움받더라도, 다른 한 사람에게 호감을 사는 경우도 세상에는 흔한 일이니까.

## 평판과 타협하지 않는다

나는 동인 잡지에 참가하여 소설 수업을 받으면서, 과연 소설 쓰기란 어떤 것인가를, 잔뜩 호기심을 갖고 보아왔다. 나는 평범한 샐러리맨 가정에서 자라 소설가의 세계를 엿본 적이 없었다. 당시는(이라고 해야 할지, 당시에도라고 해야 할지) 지금과 달리 소설가라는 직업을 일부에서는 부러워했지만, 고지식한 사람들에게서는 빈축을 사는 면이 있었다. 나는 양쪽 면보다 더욱 나쁜 평가를 염두에 두고 그 길을 택했기 때문에 마음이 편했다.

나는 사람들로부터 과대 평가보다는 오히려 좋지 않게 평가받는 상태가 왠지 속 편했다. 사람들 평판이야 어찌됐든 언제까지나 나는 나일 뿐이며 그 이상도 그 이하

도 아니다. 사람들이 작가와 같은 직업을 업신여기더라
도, 내가 원했던 인생을 사람들의 평판과 타협해 포기해
버린다는 것을 나로서는 생각할 수 없었다.

## 모두 대충 하기로 마음먹었다

아이가 태어난 무렵부터 작가 생활을 시작하게 되었다. 재택 근무라서 아이가 울면 바로 달려가 살펴볼 수 있었다. 그 점에서는 일과 육아를 양립하기 쉬운 상황이었고, 어쩌다 지방으로 외출할 때 등은 역시 친정 엄마가 계시므로 안심하고 맡기고 갈 수 있었다.

이렇게 어머니의 보호 아래 살았던 내 생활이 점차 어머니를 보호하는 입장으로 바뀌기 시작했다. 써야 할 원고량까지 많아지면서, 도저히 작가와 엄마, 아내의 역할을 양립해나갈 수가 없었다.

나는 세 가지 역할을 모두 대충하기로 마음먹었다. 종종 여배우들이 "결혼하더라도 아내로서의 의무를 완벽

하게 해내겠다고 맹세하며 부부가 되었지만 지키지 못해서…"라고 말하는 기사를 주간지 등에서 읽게 되는데, 그런 일은 애초부터 가능할 리가 없다. 작가라면 머리를 풀어헤치고 있어도 그만이지만, 늘 예쁘게 남의 시선을 의식해야 하는 여배우라면 가사일 따위 제대로 할 수 없는 게 당연하다.

# 평판만큼 근거 없는 것도 없다

누구나 자신의 평판에는 신경이 쓰이는 법이다. 그러나 평판만큼 근거가 없는 것도 없다. 나 외에 나의 세세한 사정을 알고 있는 사람은 없는데, 나를 모르는 타인이 나에 대해 말하고 있으므로 평판이 옳을 리 없다. 그런데도 그런 평판에 동요되는 사람이 많다. 세상 사람이 눈에 보이지 않는 압력을 가하는 것이다.

## 누군가에게는 호감을 사고 누군가에게는 미움을 산다

인간의 심리에는 누구나 배타적 요소가 있다. 우리는 반드시 누군가에게는 호감을 사고, 누군가에게는 미움을 산다. 그것에 일일이 구애받을 필요는 없다. 나를 미워하는 사람은 슬며시 멀리하고, 나와 마음이 맞는 사람은 감사하는 마음으로 교제한다. 이것이 자연스럽지 않을까. 미워하는 상대에게 좋아해달라고 애원하는 게 나는 비참하고 치사해서 정말 싫다.

# 악평이 호평에 비해 편안하다

누구나 때론 과대 평가되기도 하고 과소 평가도 된다. 어쩔 도리가 없다. 그것이 당사자의 책임은 아니다. 세상의 오해이므로 할 수 있는 범위 내에서 바로잡으면 그만이다.

사람은 호평 등으로 추켜세워지면 아무래도 거북해질 수밖에 없다. 게다가 호평이란 조금만 노력을 게을리해도 금방 수그러들기 일쑤다. 반면 악평은 '호평'에 비해 안정적이다. '호평'을 유지하기 위해서는 대단한 노력이 필요하다. 항상 조심하며 선심도 써야 하고, 절대 거친 말을 내뱉지 않으며 철저하게 신중해야 한다. 다른 사람을 위해 애쓰는 노력을 조금이라도 게을리하면 사람들은 바로 험담을 시작한다.

그러나 악평은 유지도 수월하고 안정적이다. 어지간한 일로 그 평판이 바뀌지도 않는다. 세상은 악평의 인물에게는 애초부터 기대도 하지 않으므로 그 사람은 무리할 필요가 없다. 게다가 조금만 착한 일을 해도, 운이 좋으면 의외로 과대 평가를 받는다. 그러므로 꼭 집어 말하자면 악평의 당사자가 더 편안한 인생을 살아갈 수 있다.

## 사람들이 반대하면 고집을 피우지 않는다

지금도 나는 곧잘 회의석상 등에서 경박한 의견을 내놓고 있지만, 사람들이 반대하면 그다지 고집을 피우지 않는다. 어느 쪽이라도 상관없다. 왜냐하면 사람들은 미래를 꿰뚫어보는 능력 따윈 갖고 있지 않을 뿐더러, 나 스스로도 그럴 자신이 없는 데 대해 일종의 자연스러움과 안정감을 느끼기 때문이다.

## 고령자는 속세의 의리로부터 해방된다

　육십 정년을 넘기면, 아니 육십오 세로 노인 연금을 받게 되면, 혹은 칠십을 넘긴다면 (결국 몇 살부터라도 상관없지만) 더 이상 속세의 의리상 하는 어떤 일에서도 일체 해방된다는 세상의 상식을 만들면 어떨까. 이제 인생의 남은 시간도 길지 않으며 건강에 문제가 생긴들 오히려 당연한 나이인데다, 의리 때문에 무리할 일도 없는 나이인 탓이다.

　고령자를 대우하려면 좋아하는 일을 하게 하면 된다. 붙임성이 좋고 사람 만나기를 좋아하는 사람은 계속 외출하면 그만이고, 화려한 장례식을 치러주면 좋다. 그러나 더 이상 사람들 앞에 나가는 것이 귀찮고 싫어진 사람은 의리를 무시해버리면 된다. 살아 있는 동안은 병문안 가는 일도 소중할지 모른다. 그러나 세상을 떠난 후엔 영혼은 어디에나 두루 퍼져 있으므로 생각하기에 따라서는 어떤 장례식장에도 갈 필요가 없다. 집에서 기도드리면 그것으로 족하다.

## 죽은 다음에는 깨끗이 잊히는 게 좋다

생각해보면 나는 나 이외의 다른 사람에 대해서 대부분 잘 모른다. 남편은 나에 대해 어느 정도 알고 있을지도 모르겠지만, 그것도 다만 겉으로 드러난 부분에서일 테고, 아들과는 이미 오랫동안 떨어져 살고 있기 때문에 서로가 세세한 내막들을 알 길이 없다. 게다가 나도 자신에게 거짓말하는 경우도 있으니…. 솔직히 말해 정확한 기록 따윈 애초부터 이 세상에 있을 리가 없다는 생각이다.

자신이 살아온 흔적을 이 세상에 남기고 싶어하는 사람들이 최근 부쩍 늘었다. '아무개 집의 할머니'라는 식의 호칭으로밖에는 알려지지 않았던 사람이 어느 날 돌아가셨다고 하자. 할머니가 틈틈이 써둔 묵화나 시, 또는 일기의 단편들을 한데 모아 자식들이나 손자들에게 물려주는 것은 대단히 훌륭한 일이다. 평소 소극적이며 희로애락을 별로 드러내 보이지 않았을 할머니가 무엇에 기뻐하고 무엇에 슬퍼하며 살아왔는지에 대한 이해는 가족사의 소중한 자료가 된다.

생전에 이미 유명했던 사람조차 자신의 존재 남기기에 열을 올리는 사람도 많다. 자신의 동상을 세우거나 자신의 이름을 딴 상이나 기념관, 재단 등은 세상 도처에 있다. 대체로 사람 심리가 그러하리라.

그러나 나의 취향은 좀 다르다. 살아 있는 동안에도 나는 다른 사람들보다 훨씬 제멋대로 행동했다. 적절치 못한 생각을 하고, 남들이 잘 안 가는 특이한 나라를 여행하고, 하지 않아도 좋은 일들을 많이 했다. 담당 편집자나 가족에게도 폐를 끼쳤다.

그러나 죽어서까지도 계속 존재를 과시하고픈 마음은 추호도 없다. 한 사람의 죽음을 간단히 매듭짓기 위해서 장례식 정도는 해야 하지 않을까. 그러나 장례식의 경우라도 제단은 되도록 간소하게 하며, 나의 모든 작품은 죽음을 기점으로 오랫동안 누린 감사와 함께 절판하고 싶다. 살아 있는 동안이야말로 사냥개가 사냥감을 쫓는 습성을 갖고 있듯 쓰고 싶은 정열에 사로잡혀 있었다. 마치 술꾼이 술을 보면 몹시 마시고 싶어하는 욕구와 흡사하며, 본질적으로 그와 같은 본능이 아닐까 함이 나름의 해석이다.

그러나 사후의 일을 나는 무엇 하나 바라지 않는다. 죽은 다음에는 한 가닥 미련 없이 깨끗이 잊히는 게 좋다. 오랜 세월 이 세상에서 '소란을 피워왔으므로' 좋은 의미든 나쁜 의미든 '추모집' 등을 고려해주는 출판사가 어딘가 한 군데쯤은 있을지도 모르겠다. 그러나 추도문 따윈 어느 누구도 쓰고 싶지 않으리란 생각이 든다. 우선 바쁜 사람의 노력을 그런 일에다 낭비하는 것을 내가 원치 않고, 추도를 위해 지면을 할애하는 것도 아까운 일이다. 잘못된 기억에 의존하여 칭찬을 받는다 한들 또 비난을 받는다 한들 다 부질없는 일이다.

내가 살았던 집은 허물고 터를 정리하여 빌딩이나 주차장 용지로 팔아버렸으면 한다. 그러면 아무런 내막도 모르는 사람이 그곳에서 과거와는 완전히 단절된 새로운 생활을 시작하리라. 나는 오히려 그러한 새로운 변화를 보고 싶다. 칠일제도 일주기도 살아남은 사람에게는 폐

를 끼칠 따름이므로 전혀 할 필요가 없다. 육체가 사라져
버린 죽음을 계기로 요컨대 일체의 존재가 몽땅 사라져
없어지도록 했으면 싶다. 생각해보면 사람들로부터 잊혀
져간다는 것은 실로 축복에 넘치는 상쾌한 결말이다. 지
구가 동상이나 기념관투성이가 돼버리면 오히려 황폐화
를 의미하기 때문이다.

## 장례식은 가족 행사다

어머니와 이혼하고 두 번째 아내와 살고 있던 아버지를 제외하고, 나는 친정 어머니와 시부모님 모두 세 분의 어른을 모시고 함께 살았다. 그리고 세 분 모두 최후의 임종은 우리 집에서 하셨다. 상태가 심상치 않다는 생각이 들기 시작했을 때 '입원시켜드리는 편이 좋지 않을까' 하는 망설임이 순간적으로 일기도 했으나, 그렇게 하지 않고도 무사히 마무리될 수 있었음은 훌륭한 주치의가 가까이에 계셨기 때문이다.

언젠가 세이로카국제병원 원장이신 히노하라 시게아키(日野原重明) 선생님의 강연을 들은 적이 있다. 나는 충분한 의학 지식이 없어 선생님의 말씀을 정확히 전달

할 수 있을지 어떨지 걱정스럽긴 하지만, 초보자로서 내가 이해한 지식은 노년의 임종 시 해서는 안 되는 금기 사항이 두 가지 있다는 점이다.

하나는 점적(点滴 : 관을 주입해서 음식물이나 영양분을 공급하는 것), 또 하나는 기도 절개라고 한다. 점적은 생체의 균형을 무너뜨린다고 한다. 안 먹으면 안 먹는 대로, 안 마시면 안 마시는 대로 상당히 위급한 상태라도 우리 몸의 구조는 어떻게든 그 상태에 적응하면서 살아가게끔 되어 있지만, 점적은 그런 구조를 강제로 무너뜨린다고 한다.

먹는 행위는 자연히 생체 구조에 최대한 잘 맞게 되어 있다. 그러나 점적을 하면 '세포가 물에 흠뻑 잠긴 상태가 되어' (나는 이렇게 기억하고 있지만, 히노하라 선생님은 이런 표현을 쓰지 않으셨을지도 모른다.) 호흡조차 힘들어지는 일이 있다고 한다.

기도 절개는 임종 시 말을 못하게 한다. 사람은 죽을 때까지 의사 표현이 가능한 상태로 있지 않으면 안 된다고 선생님은 말씀하셨다.

단지 이 두 가지 점에서 볼 때 세 부모님의 임종은 그런 대로 괜찮았다. 그들은 마치 동남아의 어느 섬에서처럼 자연 그대로 남아 있는 마을의 노인처럼 자연스레 숨을 거두셨다. 조금이라도 잡수실 만한 음식을 잡수시는 것만으로, 돌아가시는 날에도 부엌에서는 요리 만드는 냄비 소리가 들렸었다. 나는 고양이를 야단치고 있었고 초로의 아들은 '쿵쿵' 시끄럽게 문을 여닫고 있었다. 바로 옆을 달리는 전차 소리도 시끄러웠다. 그러한 일상 속에서 그들은 숨을 거두셨다. 점적 없이, 세 분 모두 명이 다했다 해도 좋을 그런 임종이셨다. 가장 먼저 돌아가신 친정 어머니가 83세, 시어머니가 89세, 시아버지가 92세셨다.

세 분의 늙어가시는 모습과 돌아가시는 모습을 가까이서 지켜볼 수 있었음은 내게는 최대의 '부수입'이었다. 세 분 부모님들은 아무도 모르게 조용히 그들답게 돌아가셨다. 당신들 소원대로 우리들은 당신들 죽음을 세상에 모두 알리지 않았다.

특별한 사람을 제외하고 죽음은 가족의 일이다. 장례식은 가족의 행사다. 더군다나 오래 사시고 사회에서 은퇴한 사람의 죽음은 아무도 모르게 조용한 것이 나는 좋다. 그러나 사후 뒤처리는 남은 가족의 취향에 따르도록 함도 괜찮겠다.

## 타인의 불행에서 즐거움을 얻는다

　표현이 서투르면 지긋지긋한 말이 되는 푸념조차도, 정리가 잘 되면 예술이 되기도 한다.

　우리들에게는 추한 마음이 있기 때문에 타인의 불행도 때론 즐겁다. 그러므로 자신의 실패담, 아내에게 혼쭐난 이야기, 자신의 회사가 정말 변변치 못한 곳이라는 등의 푸념은 듣는 이에게 그럭저럭 행복을 준다. 그러한 심리를 감안하여 말을 한다. 그러면 상대도 "자 자, 그런 일도 있을 테지."라고 위로하면서, '나는 그렇지 않아 다행이야.' 라는 생각을 하기도 하며, '실패한 사람이 나뿐만이 아니구나.' 하며 안심하기도 한다.

진정한 용서를 할 수 있는 사람


　이제 사형 반대는 세계적 추세다. 자신이나 가족의 죽음과 관계가 없는 곳에서 사형을 반대하는 것은 그리 어려운 일이 아니다. 그렇게 함으로써 우리들은 쉽게 '좋은 사람', '인도주의'를 가장할 수 있다. 그럴 때 나는 잠깐 멈춰 서서 '좋은 사람'이 되지 않으려 마음을 단단히 고쳐먹는다. 그리고 내가 사랑하는 사람을 죽인 상대를 진정으로 용서할 수 있는 사람이 되기를 새삼 내 삶의 목표로 삼아본다.

## 올바른 일을 하고 있다는 자각

나의 젊은 시절 노트에 "순수를 사랑해도 사람을 힘들게 하고, 불순을 사랑해도 사회를 힘들게 한다. 어느 쪽을 택할지 고민하지 않는 사람이 가장 무섭다." 는 글귀가 적혀 있었다.

건강은 타인의 아픔을 이해하지 못하는 사람을 만들고, 근면은 때론 게으른 자에 대한 도량과 융통성의 부재를 낳는다. 착함은 우유부단이 되고, 성실은 사람을 질리게 한다. 수재는 규정에 따른 사무 능력은 있어도 우쭐해하는 만큼의 창의력은 없고, 자신이 속한 집이나 토지의 상식을 중히 여기는 양식 있는 사람은 결코 진정한 자유를 얻을 수 없는 게 현실이다.

미덕이라고 여기는 어떤 것도 완전치 않음을 알면, 우리들은 무엇을 하더라도 자신이 백 퍼센트 올바른 일을 하고 있다는 자각을 하지 않는다. 그런 자각이 참으로 소중하다.

## 약점을 먼저 보여준다

보통 결혼할 때 사람들은 어떻게든 체면을 차리려 한다. 일단 선보는 날에 여자들은 한껏 예뻐 보이려 애쓴다. 신상 기록에는 가족 모두 건강하고, 좋은 학교를 나와서 사회에서도 착실하게 활동하고 있다고 적는다.

그러나 나는 그렇지 않았다. 남편이 나에게 청혼했을 당시, 나 자신과 우리 가정의 나쁜 점을 쭉 늘어놓았다.

나는 심한 근시였다. 오십 세 때 수술을 해 시력은 분명 좋아졌지만, 어릴 때부터 잘 보이지 않았고, 따라서 기억하는 훈련을 통 못했기 때문에 지금도 사람 얼굴을 잘 기억 못한다. 사람들 모두 이름표를 붙이고 다니면 얼마나 좋을까 하는 생각도 해보았다. 그러나 그 사람의 존재

자체를 기억하지 못하는 것은 아니다. 그 사람이 한 말, 그 사람의 사상, 특징, 특기, 모두 내 방식대로는 기억하고 있다. 그러나 얼굴만은 기억하지 못할 뿐이다.

우리 집은 부모가 사이가 안 좋아 집안 공기는 늘 냉랭했다. 가족의 단란함 같은 말은 처녀 시절의 나와는 연이 없었다. 제법 평온해 보이는 순간도 있었지만 그것도 변덕스런 아버지의 기분 하나로 언제 변할지 모른다는 공포 속에 나는 끊임없이 두려워하고 있었다. 하지만 나는 가정 불화로 늘 시끄러운 집 그 자체를 부끄러워하지는 않았던 것 같다.

결혼할 상대가 아내를 맞이할 때는 당연히 따뜻하고 원만한 가정에서 자란 딸을 기대하는, 다름아닌 마음이 순탄하게 자라 삐뚤어지지 않은 성격을 원하는 거라면, 나는 그런 기대와는 거리가 멀었다. 그러므로 정확하게 그 점을 알리고, 그래도 괜찮은지 어떤지 상대에게 선택할 시간을 주어야 마땅하다고 생각했다.

그런 의미에서 나는 정직했다고 말해도 좋을지 모르겠다. 실은 약간 과찬한 듯한 느낌이 들긴 하지만, 요컨대 나는 나중에 클레임이 걸릴 일이 두려웠다. 골동품 가게에 진열된 열 개짜리 작은 접시 세트 등을 보면 "다소

흠이 있음" 이라는 쪽지가 붙어 있는 경우가 있는데 왠지
나는 그러한 소심한 마음가짐이 좋다.

# 4부

# 지켜야 할 예의

알고 있다고 생각하는 것 자체가 무례다

우정에 관해서도 여전히 상대를 진심으로 알지 못한다고 생각할 일이다. 이것이 우정의 기본이라고 생각한다. 아무리 친한 친구라도 내가 그를 알고 있다고 생각하는 것 자체가 대단히 위험한 일이며, 무례한 일이다.

## 무례한 도덕

일본에서는 종교 따윈 미신과 마찬가지여서 믿지 않
는다는 사람이 많다. 그에 비해 도덕에는 집착한다. 집착
이라는 말보다 좀더 정확히 말하면 사람들의 눈에 띄는
장소에서만 도덕적이면 그만이라는 생각이다.

## 자신 있는 듯한 말투를 경계한다

친한 친구에게 보내는 편지는 상관없으나, 다소 까다로운 뉘앙스를 풍기는 편지는 당일에는 보내지 않는 편이다. 특히 러브 레터라든가, 궁상을 호소한 편지라든가, 항의 편지처럼 단숨에 쓴 것들은 감정이 지나치게 노골적이라 위험하기 짝이 없어, 시간을 두고 다시 잘 읽어본 후에 보낸다. 그러면 세세한 부분이라도 '좀더 부드럽게' 혹은 '이 문장은 어딘지 자신만만해 보여 곤란하지' 등등의 이런 저런 흠이 드러나게 마련이다. 그런 부분들을 정성스레 가다듬는 시간을 갖지 않으면 안 된다.

진중하지 못하고 경솔한 말투의 자세가 분명히 드러나야 하는 경우라면 어떤 멍청한 말을 해도 상관없다. 그러나 그 외에는 나의 언행에 자신 있는 듯한 말투는 좋지 않다. 나중에 뒷감당이 곤란해진다.

## 기억력에 대한 자신감은 자만이다

　남이 한 말을 기억한다는 자신감만큼 신빙성 없는 것
도 없다. 그 이유는 뉘앙스가 미묘하게 달리 기억되어 그
말을 한 당사자도 놀랄 정도로 전혀 다른 의미로 해석되
어 오해하는 경우가 많기 때문이다. 그래서 "네가 이렇게
말했잖아."라고 물으면 "그래, 그랬지."라고 하는 사람보
다 "그렇게 말한 적 없는데?"라고 반론하는 사람이 훨씬
많다.

## 말투를 조심하지 않으면 안 되는 인간 관계

나의 지나친 생각인지는 모르겠지만, 말을 아끼고 조심하는 사람은 대체로 냉정하다. 그런 사람은 실언할 여지가 없다. 성가신 사람과는 관계하고 싶지 않은 정열밖에는 갖고 있지 않다.

"친한 사이라도 예의 바르게"라는 말이 좋아, 무례해지기 쉬운 나는 이 말을 늘 되뇌고 있다. 그렇게라도 하지 않으면 훨씬 더 태도가 안 좋아지고 미움을 살 것만 같기 때문이다. 그러나 언제나 말투에 신경을 곤두세울 정도로 조심하지 않으면 안 되는 인간 관계란 그것만으로도 대등하지 않은 사이다. 따라서 우정 따윈 성립될 리가 없다.

상대의 실언에 바로 불만을 토로하거나, 위자료를 청구하거나, 심지어 고소까지도 불사한다면 나부터도 사귀고 싶은 생각은 싹 가시고 말 것이다.

세상에는 대등하게 보이는 게 싫어 자신은 언제나 상대보다 한 단계 위가 아니면 마음이 편치 않은 사람이나, 상대가 자신을 바보 취급한다고 금세 토라지는 사람이 있다. 어느 쪽이든 나에게는 버거운 상대다. 유쾌하고 기분 좋은 사이는 서로 어느 정도의 결점은 있으나 어디까지나 대등하다고 굳게 믿는 그런 관계.

상대의 말을 큰 오해 없이 이해하기 위해서는 상식과 성숙한 마음이 필요하다. 그런 마음이 없으면 상대의 말꼬리를 잡고 물고늘어지는 논쟁이 되기 십상이다.

## 못 본 척 슬쩍 지나가는 배려

나 자신이 도쿄 토박이이면서도 몰랐던 도쿄 토박이들의 이야기이다. 도쿄 아사쿠사(淺草) 출신 사람이 말했다고 하는데, 그들은 예를 들어 근처의 메밀국수집 문 앞의 휘장을 들어올려 몸을 구부리며 들어서는 순간, 아는 사람의 얼굴이 보이면 그 가게는 들어가지 않는다고 한다. 그리고 거리를 거닐면서 아는 사람과 만나더라도 절대 말을 걸지 않는다고 한다. 눈을 마주치고도 모르는 척하는 게 아니라, 아예 못 본 척 슬쩍 지나가는…. 왜 그런 행동을 하는가 하면 다름아닌 배려 때문이라 한다.

불필요한 일로 남의 감정에 개입해선 안 된다는 생각이 도쿄 토박이의 예의이다. 그 사람이 메밀국수집에 왜

왔는지, 왜 그 길을 거닐었는지 아무도 몰라도 상관 없기 때문이다. 그러나 메밀국수집 안에서 얼굴을 딱 맞닥뜨려 이러지도 저러지도 못할 상황이 되면 상대는 이 곳에 식사하러 온 정황을 얘기해야 하기 때문에 서로 눈이 마주치지 않은 사이에 먼저 눈치 챈 쪽이 피해서 지나가준다고 한다.

좋은 광경이다. 초대하지도 않았는데 남의 집에 성큼성큼 들어간다거나, 남의 사정은 아랑곳하지 않고 불쑥 들르는 게 예의라고 생각하는 사람에 비하면 얼마나 자상함이 흘러넘치는지 모른다. 이런 센스야말로 도쿄의 매력이다.

## 간섭하는 무례

예전에는 친한 사이라도 예의는 갖춘다는 말이 친구들과의 관계에 국한된다고 생각했지만 지금은 부부·부자지간에도 필요하다는 생각이 든다.

아마도 평생 누구에게든 만만하게 굴며 무례를 범해서는 안 된다. "그것도 참 피곤한 노릇이잖아요" 하는 사람도 있겠지만, 오히려 바짝 긴장하며 배우자에게나 성장한 자식에게나 지나치게 간섭하는 무례를 집어치울 결심을 하는 편이 도리어 편할지도 모른다.

## 실례되는 거절

휠체어를 탄 사람과 외국을 여행하다보면 교회 계단 같은 곳에서 불쑥 도우미가 나타나는 경우가 있다. 그럴 때도 어떤 사람은 곧잘 "아닙니다, 괜찮습니다. 됐습니다." 하며 거절하기 일쑤다. 그러나 그런 경우 거절은 실례다. 상대에게도 도와주는 기회를 같이 나누는 마음씀이 예의다.

## 변화시키려 들면 안 된다

변화시키려 들면 안 된다. 단지 지켜보며, 내가 방패가 되어 그 사람이 결정적으로 붕괴되는 것만 막아주면 된다. 성서의 말이다. 그것은 출구 없는 고통처럼 마음을 죄어 누르는 듯한 느낌도 들고, 배려로써 마음을 떠받쳐주는 듯한 느낌도 든다.

## 겸양과 관용은 자신에게만 요구할 것

내가 갖고 있는 화집 어딘가에, 브뤼겔의 작품은 '겸양'과 '관용'이 커다란 테마라는 해설이 있다. 이 두 가지는 인생에서 마약과 같은 것이다. 이 두 가지의 맛을 본 사람은 이 두 가지가 없으면 슬퍼서 살아갈 수 없다.

그러나 흥미로운 사실은 이 두 가지 중 어느 것도 '요구'해서는 안 된다는 점이다. 오히려 그것은 자신에게만 요구해야 마땅하다. 만일 자신 이외의 다른 사람이 베풀어준다면, 무언의 존경과 감사의 눈길로 답하는 그런 류의 그 무엇일 뿐이다.

## 신과의 거래

소중한 사람이 병이 들어 회복을 기원할 때 사람들은 자연스레 착한 일을 하겠노라고 다짐한다. "이런 일을 하겠으니 그 사람을 구해주십시오."라고 일종의 거래를 자처한다. 거래이기는 하나 결코 치사한 기분은 아니다. 적어도 어떤 희생을 치르지 않고서 원하는 바를 거저 이루는 것은 염치없는 노릇이라고 진지하게 생각한다. 나는 이런 진지함이 참 마음에 든다. 보통 때는 무신론을 입에 오르내리면서도 가족에게 힘든 일이 생겼거나 병이 났을 때 "제발 도와주세요" 하면서 뜬금없이 신에게 드리는 기도보다 훨씬 더 신뢰가 간다.

# 타인에 관한 이야기는 무례다

자기 이야기 할 때만큼 기분 좋은 일은 없다고 한다.
그렇다면 작가는 혼자서 가장 만족하며 우쭐하기에 제일
인 직업일 것이다. 그러나 그런 쾌감의 대가로 작가는 반
드시 한 가지 희생을 치러야 한다. 자신의 보여주고 싶지
않은 부분도 드러내야 한다. 물론 그것 없이도 활동하는
사이비 작가도 있지만, 그것만으로는 어떤 독자도 금방
질려버릴 것이다.

우리는 타인을 이야기해서는 안 된다. 왜냐하면 무책
임한 말이라면 '소문'이 되고, 다소 신중한 말이라면 '전
기'가 되고, '추도문', '추억담'이 되기 때문이다. 그러
나 나는 이들 중 어느 하나도 믿지 않는다. 사람은 함께

생활한 적 없는 타인의 심적 내면 등을 정확하게 기술할 수가 없다. 그러므로 나는 추도기나 추억담 기술에는 공포에 가까운 두려움을 느낀다. 그러한 무례를 저지를 수 없는 노릇이다.

# 남 이야기를 함부로 쓰지 않는 예의

대개의 경우 사람들은 기사화되어 피해를 입는다. 우리같이 매스컴 세계에 종사하는 사람은 남의 얘기를 함부로 쓰지 않는 예의쯤은 지킴으로써 최소한 자신의 직업에 대한 존엄을 유지해야 된다고 생각한다. 자신의 수치는 얼마든지 써도 상관없다. 그러나 가령 아이라 할지라도 '타인'을 마음대로 기사화해서는 안 된다.

종종 "칭찬으로 쓴 기사니 상관없잖아." 하고 말하는 사람이 있지만, 잘 썼다고 생각하는 쪽은 쓴 사람이 그렇게 생각하는 것뿐으로 상대는 칭찬받은 내용이 뚱딴지 같거나 이제 와서 그런 일을 남에게 알릴 필요가 없다는 생각에 피해를 입고 있을지도 모르는 일이다.

타인의 일을 잘 알고 있다고 쉽게 생각해 마음 편히 얘기하거나 기사화하는 사람과는 내색하지 않고 그들을 멀리했다. 싸울 만한 일도 아니다. 5미터 이내로 접근하지 않으면 대체로 타인에게 피해도 주지 않고, 피해도 입지 않고 무마된다.

## 부모로부터 받은 도움은 돈으로 지급하라

부모의 도움은 적극적으로 받아볼 만하다. 다만 부모 덕에 얻을 수 있는 수입의 일정액을 사례로써 확실하게 부모에게 지급하는 편이 좋다. 물론 부모가 베푸는 사랑은 도저히 돈으로는 환산할 수 없다. 호의는 호의이다. 부모의 헌신에 금전적으로나마 보답하면 그 돈으로 부모도 마음 편히 친구와 온천이라도 다녀올 수 있고, 새 핸드백을 사 젊은 기분도 만끽할 수 있다.

## 부모라도 강요는 안 된다

국제연합 평화 유지군을 파견하느냐 마느냐의 심의 중에 국회의원 한 사람이 총리와 방위청 장관을 향해 "당신들 아들이 간다고 하면 전쟁에 내보내겠습니까?"라는 의미의 질문을 던졌다는 이야기를 들었다. 그러한 질문은 고뇌에 가득 차 신과 인간 사이에서 주고받는 지극히 개인적인 질문이며, 침범할 수 없는 신성한 사고를 중요시하는 사회에서는 도저히 할 수 없는 실례되는 질문이라 생각하지만, 나였다면 별로 답변에 고민하지 않았으리라 생각한다.

나부터도 아들에게 전쟁에 나가라고는 결코 말하지 않을 것이다. 아들은 일단 스스로 깊이 생각한 후, 누구보다도 먼저 아내와 상의할 것이다. 결론이 어떻게 나든 그 결과를 멀리 떨어져 있는 우리 부모들은 받아들일 따름이다. 그 결정이 나의 생각과 다르다 하더라도, 아들이 선택한 결정이라면 받아들일 수밖에 없는 노릇이다.

아들이 아직 대학생이었을 때 나는 아들이 보르네오의 오지 입국을 허락하지 않으면 안 되었다. 카누로 몇 시간이나 강을 거슬러 올라가야 하며, 물론 전화나 전보도 닿지 않는 지역이었다. 친구는 그런 나에게 "하나밖에 없는 아들을 그런 위험한 데로 겁 없이 잘도 내보내는구나."라고 했다. 그러나 아들이 그 정도로 하고 싶다는 일을 나는 말릴 수가 없었다.

한 사람 한 사람 모두 선택의 이유도 논리의 근거도 터무니없이 다 다르다. 그 결과 한 남자든 한 여자든 자신이 내린 선택을 어떤 부모도 경솔하게 바꾸게 할 수는 없지 않겠는가.

5부

# 사람으로부터 편안 해지는 법

## 인맥과 평판으로부터 편안해진다

"저 사람은 평판이 좋지 않은 사람이니 사귀지 않는 게 좋아. 당신도 그런 사람으로 오해받을 테니까."라는 주의를 받은 적이 있다.

그러나 남편도 아버지도 아닌, 또 아들도 형도 애인도 아닌 사람의 평판 따위를 내가 왜 신경써야 되는 걸까. 그 사람의 지인이나 친구라는 이유로 그 사람과 한통속 이라고 생각하는 단순한 사람이라면 오히려 그런 사람과 는 사귀지 않는 편이 무난하지 않을까. 나는 세상의 오해 나 잡음을 각오하면서 내가 사귀고 싶은 사람과 여태껏 사귀어왔다. 인생은 모든 것에 대가를 치르지 않으면 안 된다. 이것이 개성 강한 친구를 두는 제일의 비결이 아닐까.

종종 인맥이 중요한 재산인 양 떠벌리는 이가 있다. 그리고 인맥을 쌓는 비결 등이 특집으로 실린 잡지도 본적이 있다.

그러나 이것만은 분명하다. 인맥이란 그것을 이용할 마음이 없다면 거의 필요 없는 것이다. 그것을 연줄로 장사하거나 정치가로서 표를 모으는 일이라도 된다면 분명 인맥이 필요할지도 모른다. 그러나 우리들이 사회의 한 구석에서 자신의 능력만을 의지하며 살아가는 데는 특별히 인맥 따위는 필요하지 않다. 아이들은 성적에 맞는 학교에 입학하고 그해의 경제 사정에 따라 다소 운도 따르겠으나 적당한 회사에 자신의 능력으로 취직도 가능할 것이다. 대기업은 대기업 나름의 장점이 있겠지만, 내 주변에는 대기업에 들어가지 않아 자유롭고 느긋한 인생을 보낼 수 있었던 사람 또한 굉장히 많다.

그래도 우리들은 그 밖의 많은 일들로 '곤란한 입장'에 처하는 경우가 있다. 병에 걸렸을 때 어떤 의사에게 진료를 받아야 좋을까? 연로하신 부모를 보살피기가 힘에 벅찰 때 어떤 해결책이 있을까? 아이가 등교 거부를 할 때 어떻게 하면 부모 자식지간에 자연스런 관계를 회복할 수 있을까?

　예를 들어 이런 문제 해결을 위해 도움을 줄 수 있는 사람은 마음으로나 거리상으로 우리들 가까이에 있는 친구나 지인들이지 소위 '인맥'이라고 불릴 만한 사람은 결코 아니다.

　얄궂게도 어쩌면 인맥이란 그것을 이용하려 들면 인맥 그 자체도 불가능해지고 만다. 인맥은 그것을 이용하지 않을 때 자연히 생긴다.

　진정 친구가 나서야 할 때는 상대가 이런 저런 불행을 당한 순간이라 생각된다. 건강하고 순조롭게 잘살고 있을 때에는 상관없다. 그러나 상대가 육친을 잃거나 병이 들었을 때야말로 친구가 나서야 한다. 목적은 단 한 가지, 그저 그 사람과 함께 있기 위함이다. 시간이란 위대하다. 하루, 일주일, 일년이 지나감에 따라 심적 고통은 조금씩 사라져간다. 그 과정에 가능한 한 함께 있어주는 것이 친구의 역할이다.

누구나 대단한 '일'을 해낸다

인간은 한 사람 한 사람 누구와도 비교할 필요가 없다. 요즘 들어 점점 더 분명히 느끼지만, 누구나 저마다 흥미로운 사명을 지니고 살아간다는 생각이 든다. 의사와 119 구조 대원만이 인명 구조를 하는 것도 아니다. 창부나 술집 주인, 목욕탕 주인이나 갓난아기도 본인도 모르는 사이에 자살을 시도하려 했던 이의 목숨을 제자리에 돌려놓은 일도 있으리라 생각한다. 창부의 존재가 바람직하다는 말은 아니지만, 사람이 성에 의해 가장 솔직하게 살아가는 목적을 발견하는 일은 아주 흔하다. 술에 취하면 대부분의 사람들은 다잡았던 마음이 헤이해지기 쉬워 자살의 이유조차 다 잊어버린다. 목욕탕에 들어가 있는 사람은 그다지 타살이나 자살의 욕망에 몰두하지 못한다. 그리고 혼자서는 살아갈 수 없는 갓난아기를 볼 때 많은 사람은 반사적으로 죽음이 아닌 생명을 향한 자세로 돌아간다.

흥미로운 일이다. 누구나 반드시 무언가 대단한 일을 해내고 있다고 생각하면 그것만으로도 우리들은 더 한층 타인에게 감사하게 되고 스스로 무언가를 해냈다는 자부심을 갖는 일도 없게 된다.

## 진실을 알린다

친구라면 당사자에게 진실을 알리는 데 겁을 먹어서
는 안 된다. 이것이야말로 진정한 성실이다. 하지만 일본
인은 이러한 냉엄함에 대해 긍정적으로 평가하지 않는
듯하다.

이 원칙을 아무런 배려 없이 그대로 관철해도 좋다는
건 아니다. 나라면 죽을병에 걸렸을 때 친구가 그 사실을
알려주기를 바란다. 아마 최후까지 말해주지 않기를 바
라는 사람도 있을 것이다. 그 소원은 들어주어야 마땅하
다.

기본적으로 진실을 말하지 않는 성실이나 우정이 존
재할까. 친구 사이란 단지 듣기 좋은 말만 하는 사이는

아니다. 냉엄한 말을 들었을 때 괴로워하기도 하고 놀라 이성을 잃기도 하지만 한편으로 감사하지 않으면 안 된다.

## 남을 모욕하는 심정

사람을 모욕하는 심정은 십중팔구 나약한 성격에서
비롯된다. 즉 자신의 열등감 때문에 우쭐해하는 것이다.
상대를 업신여기기라도 하지 않으면 사실 자신의 존재가
희박해짐을 잘 알고 있기 때문이다. 이런 역학적 원리는
예나 지금이나 변함이 없다.

## 가장 효과적인 협박

분명 인생에서 협박이 먹혀들지 않는 것도 아니다. 허나 그보다 훨씬 더 효과적인 것은 내가 관심받고 있고 지지받고 있다는 느낌이다. 친구도, 부모도, 형제도 나를 믿고 기대하며 기다려준다고 느낄 때 흐트러진 마음도 분발하게 된다.

## 자유를 얻을 자격

우리는 스스로 번 돈 이외에는 자유로울 수가 없다. 그러므로 진정한 자유인은 스스로 땀 흘려 번 돈을 쓴다. 스스로 돈을 벌 수 있는데도 노력하지 않는 인간이나, 타인에게서 받는 돈으로 살아가려는 사람은 애초부터 자유를 얻을 자격이 없다.

## 싸움을 피하는 것 역시 힘 없이는 불가능하다

힘이 없어서 저항하지 않는 것과 힘이 있어 싸우면 언
제나 이기기 때문에 싸우지 않는 것과는 커다란 차이가
있다. 그러나 부모들은 그 점을 거의 고려하지 않는다.
그리고 어찌 됐든 싸우지 않는 아이가 평화주의자라 생
각한다.

심신에 모두 힘이 있음은 예로부터 늘 좋은 점이었다.
왜냐하면 싸움을 피하는 것 역시 힘 없이는 불가능하기
때문이다.

자식 용서만큼 쉬운 일은 없지만




자식 용서만큼 쉬운 일은 없다. 그러나 그와 정반대로 자식으로부터 받은 잔인한 처사만큼 진한 독이 되어 몸 속을 파고 도는 것도 없다.

## 최후의 순간 필요한 것은 사랑뿐

우리들은 죽음이 들이닥친 순간에서야 비로소 이 세상에서 무엇이 정말로 필요한지 깨닫게 된다. 평소 이런저런 물건을 무한정 갖고 싶어하지만, 만약 내일 아침 전인류가 사멸한다고 할 때 지금까지 누구 할것없이 일제히 필요하다고 굳게 믿어온 것의 99%가 이미 불필요하다는 사실을 알게 된다. 돈, 지위, 명예, 그리고 온갖 물건, 이 모두가 인간 최후의 날에는 아무런 의미도 갖지 않는다.

최후의 날에 있었으면 하는 것은 '마지막 만찬용'으로 쓸 늘 먹어왔던 검소한 식사와 마음을 온화와 감사로 가득 차게 해줄 수 있는 좋아하는 술이나 커피, 혹은 꽃이나 음악 정도가 아닐까. 그 외의 것들은 모두 필요 없어 진다.

그리고 최후의 순간, 우리들 모두에게 필요한 것은 다름아닌 사랑뿐이다. 사랑받았다는 기억과 사랑했다는 실감 모두 필요하다.

한 노파의 장례식에 참석한 적이 있다. 나쁜 사람은 아니었지만 소심하고 자신의 안전, 지위, 명예밖에 생각지 않는 사람이었다. 금전이나 물건, 노력도 받는 생각만 하고 베푸는 일은 안중에도 없었다. 예를 들어 그녀는 드나드는 상인에게 받은 홍보용 싸구려 타올이 몇 장씩 쌓여도 그것조차 요양원에서 신세지고 있는 사람에게 "하나 쓰세요" 하고 주지 않는 그런 사람이었다. 새 타올은 누렇게 변색된 채 몇 장이나 그녀의 유품 가운데 남겨져 있었다. 그것 이상으로 그녀가 베풀지 않았던 것은 '감사의 마음'이었다. 그녀와의 대화는 온통 불만 호소뿐이었다.

출관 때 그녀의 딸이 울면서 관에 매달려 띄엄띄엄 말했다.

"엄마, 이 다음에 다시 태어날 때는 베푸는 사람이 되어 더욱 즐겁게 살아가야 해."

그것은 비통한 절규였다. 나는 이 노파도 딸에게 한 가지 가르침을 남기고 떠나간 듯한 생각이 들었다. 즉 사랑과 봉사, 베풂이야말로 행복의 실감이란 사실을. 그런 부모가 없다면 현명한 딸이더라도 이처럼 분명하게 인식하지는 못했을 것이다.

## 가정의 시시한 대화는 그래서 소중하다

아주 오래 전에 "가정 내 대화가 소중하니 식사 때 텔레비전을 끄기만 해도 아이와 자연스런 관계가 유지되지 않을까요?"라는 말을 하자 "아이와는 어떤 대화를 나누는 게 좋을까요?"라는 질문을 받은 적이 있다.

이런 질문을 받을 줄은 생각도 못했다. 가족 이야기라야 예로부터 줄곧 시시한 이야기임이 뻔하다. 어떤 이야기냐고 대놓고 물으면 참 난감하다. 질문한 사람은 교육적이려면 좀 특별한 화제를 만들어 대화하지 않으면 안 된다고 생각하는 모양이지만, 가정 내 대화란 어처구니없을 정도로 시시하기 때문에 마음이 편해지는 거다.

아버지와 어머니가 자랑거리를 늘어놓으면 아이는

듣지 않고 딴청을 부린다. 아버지가 아무리 수재였다고 해도, 또 어머니가 자신은 옛날에 제 아무리 미인이었다 하더라도 뭐 그저 그렇다는 것을 아이는 알고 있기 때문이다. 그러나 아버지와 어머니의 실패담에는 눈을 반짝거린다. 인간성을 느끼기 때문이다. '나는 그렇게는 되지 않을 거야' 라고 생각하거나, '그래도 내가 더 낫지' 라고 생각한다. 아무튼 실패한 이야기는 반면 교사적인 의미로 아이를 성장시키는 힘이 된다. 역시 가정의 시시한 대화는 그래서 소중하다.

## 아무리 작은 일도 커다란 일의 한 부분이다

가족에게나 친구들에게나 배신당하지 않고 살아왔다면 그 자체로 훌륭한 일이다. 그것만으로도 인생의 절반 이상은 성공이다. 가족을 배신하지 않았다는 사실만으로도 몇 사람의 마음을 불신에서 구제했기 때문이다. 아무리 입신 출세한들 가족을 불신의 늪에 몰아넣고서야 인생이 성공할 리 만무하다.

젊었을 때 우리는 아무리 커다란 일이라도 일생 동안 다 해낼 수 있으리라 생각했다. 나이가 들어 우리가 일생 동안 할 수 있는 일이란 정말로 작은 일이라는 사실을 깨닫고야 말았다. 하지만 작더라도 커다란 일의 한 부분이라는 확신은 분명히 있다.

올바르다고 생각되면 은밀히 해나간다

올바르다고 생각되면 은밀히 해나간다. 인정받는 것에 연연해하지 않는다면, 좋은 일을 하고 있다고 으스댈 필요도 없다. 결국 인간 관계란 정석도 규칙도 없다.

## 정말로 피하고 싶은 상대가 있을 때

'서로 용서하는 자가 되라' 는 말을 들어도, 아무에게 나 그렇게 마음을 탁 터놓을 수는 없는 일이다. 적어도 나는 그랬다.

단지 거기에 절충안은 있다. (그런데 하느님이 이런 적당한 방법을 좋아하실지 어떨지는 잘 모르지만 말이 다.) 정말로 피하고 싶은 상대가 있다면 그 사람을 욕하 지 말고, 그가 알아차리지 못하도록 슬며시 멀리하며, 그 사람의 행복을 빌어준다. 그리고 이 다음에 언제든 그 사 람에게 정말로 어려운 시련이 닥치면 도와주는 마음을 잃지 않는 것이다.

## 우정의 기본은 존경

　우정의 기본은 '저 사람은 내게 없는 훌륭한 점이 있다'고 여기는 것이다. 즉 우정의 기본은 존경으로, 친구와 내가 사회적으로 어떤 위치에 있든 항상 내가 친구를 우러러볼 줄 알아야 한다.

　이유는 분명하다. 신의 눈으로 본 평가와 세상의 평가가 다르기 때문이다. 현실에서는 동급생이라도 동창회 때 상석에 앉는 사람은 왠지 남보다 빨리 사장이 된 사람일 것이다. 대개의 경우 재미있게도 이 세상에서 지위가 높은 사람일수록 신으로부터 받는 평가는 그리 높지 않은 듯하다. 물론 내가 상대보다 더 낫다고 느껴지는 경우도 없지는 않다.

내가 모르는 장점이 틀림없이 있는 타인을 상석에 앉
히려는 마음이 필요하다. 그런 자세는 상대의 우월을 받
아들이고 인정하며 기뻐하고 배우려 하는 유연하고도 활
달한 마음의 표현이다.

타인의 단점은 재빨리 찾아내면서 장점은 좀처럼 보
이지 않는 것은 우리의 빈약한 인격 탓이다.

## 남의 행운을 축복해주는 것의 어려움

내 눈 수술의 성공을 축하하며 돈을 보내온 당사자는 맹인 남성이었다. 성 라자로 마을 사람들이 한국의 엄동설한을 따뜻하게 보내기를 기원하며 돈을 보내왔다.

만약 내가 맹인이었다면 눈이 보이게 된 순수한 행운을 움켜쥔 사람에 대해 말로는 표현하기 어려운 질투심을 느꼈을 것이다. 우리들이 가장 하기 어려운 일 중 하나가 남의 행운이나 행복을 내 일처럼 축복해주는 그런 마음일 것이다. 이런 면에서 그 맹인 남성은 가장 인간적이면서도 최고로 위대한 덕을 베풀었다.

보통 동정받는 입장에서는 돈은 물론 위로의 말 한마디라도 받는 것이 마땅하며 남을 위로할 입장이 아니라고 생각한다.

　그게 일반적인 생각이다. 그러나 돈을 보내준 그 사람
은 그런 상식적인 판단을 뒤집었다. 우리들이 가끔 장애
인에 대한 왜곡된 관계, 즉 장애인은 사회나 타인으로부
터 일방적으로 받는 것만을 당연시한다는 비뚤어진 일방
통행을 그 사람은 그저 아무렇지도 않게 정상화했다. 어
찌 생각해보면 시력이 없다고 해서 지식 면에서나 경제
적으로 위로를 받는 것이 당연하다는 것도 일종의 편견
이다.

## 받는 이보다 베푸는 이가 행복하다

"소노씨, 나는 이런 돈은 한 사람이 기부하도록 하지 않았으면 합니다."

이경재 신부가 갑자기 이렇게 말했다. 내 머릿속이 빤히 들여다보인 듯한 느낌이 들어 그 순간 혼란스러웠지만, 나는 태연하게 신부에게 물었다.

"왜 그렇습니까?"

"남을 돕는 훌륭한 일을 한 사람이 독점하게 해서는 안 되잖아요. 그러한 기회를 많은 사람에게 고루 나누어 주시기 바랍니다."

이런 말은 내가 지금까지 일본의 그 어떠한 곳에서도 누구에게도 들어본 적이 없던 말이다. 성서에 "주는 것이

받는 것보다 행복하나니."라고 전해지고 있지만, 일본에
서는 전혀 배우지 못했다. 주는 이가 오히려 감사하는 인
간 관계를 나는 그때 배웠다.

## 무지한 존재가 주는 즐거움

학창 시절부터 줄곧 나는 지적인 사람이 되고 싶었다. 이유는 내가 뭔가 멍청한 질문을 하면, 동급생으로부터 그런 것도 모르냐는 듯 한심하다는 식으로 피식 비웃음을 산 경험이 종종 있었기 때문이다.

어렸을 때는 그런 일로 상처를 받곤 했다. 그러나 나이들면서 전혀 신경 쓰지 않게 되었다.

첫 번째 이유는 내가 사람들보다 모른다는 사실은 내가 배우는 데 이득이 된다는 증거이기 때문이다.

두 번째 이유는 사람들은 자신보다 어리석은 사람이 있을 때, 보다 행복해지는 일도 있다. 우월감도 있겠지. 가르치는 즐거움을 만끽하는 친절한 사람도 많이 있다.

그러므로 나처럼 무지한 존재는 어느 정도 행복의 씨를 뿌리고 다니는 셈이 된다.

멍청이, 얼간이, 굼벵이 등과 같은 말을 들으면 벌컥 화부터 내는 사람도 있지만, 이 말들의 특징은 사랑받을 만한 요소를 충분히 가지고 있다.

멍청이나 얼간이나 굼벵이가 없다면, 혹은 만일 우리들 안에 그런 요소가 전혀 없다면 세상에는 웃음 거리도 없어지고, 바삭바삭 메마른 감정의 이치와 논리의 세계만 펼쳐질 것이다.

## 나의 약점을 인정하면 관대해진다

어릴 적 우리집이 불화를 겪었던 것은 아버지의 엄격한 성격 탓이었다. 아버지는 오늘 해야 할 일은 반드시 오늘 한다는 신조를 가지고 있었으며 그것을 게을리 할 의도가 있거나 결과적으로 게을리 한 사람은 결코 용서하지 않았다. 아버지는 성실한 분이었지만, 나는 성실함에 대한 두려움만 사무쳐 있었다. 그래서 '내일 할 수 있는 일은 오늘 하지 않는다'로 나의 약점을 인정하고 타인에게는 관대한 사람이 되고 싶었다.

받은 것은 금방 잊어버린다




　인간은 (아니 나는) 무엇이든 받은 것은 금방 잊어버
린다. 반면 준 것은 쩨쩨하리 만큼 잘도 기억하고 있어,
나중에라도 내가 베푼 것을 공치사하고 싶어한다. 받는
것보다는 주는 것이 인간에게는 커다란 행복을 가져다준
다는 말이 맞다는 증거다.　나중에 안 사실이지만, 성서
에 "받는 것보다 주는 것이 행복하다"는 말이 그대로 쓰
여 있었다.

## 그 사람의 장점은 최대한 인정하고 배운다

　나는 어려서부터 지기 싫어하는 성격이 아니었다. 오히려 의존심 강한 딸이라고 늘 부모에게 야단맞곤 했다. 어른이 되어 내겐 없는 재능을 지닌 사람들이 대단히 많다는 사실에 놀랐다.

　나는 단지 소설이라는 하나의 분야를 내 전문으로써 지켜온 것뿐으로 그 외에는 의존심이 강한 성격으로 돌아가, 모든 사람을 나의 선생님으로 간주해 그 사람의 장점을 최대한 인정하고 '가르쳐달라고' 부탁했다. 사람들 대부분은 가르쳐주며 자신의 능력이 뛰어난 부분에서 실력을 발휘한다. 같이 일을 하거나 여행을 해보면 금방 알 수 있다. 나는 그런 일로 득을 보았기 때문에 대단히 고

마워하였고, 자연히 상대에 대한 존경도 깊어지곤 했다.

아마 그런 감정은 상대에게도 그대로 전해졌을 것이다.

## 진정한 위로는 불가능하다

인생에서 진정한 위로란 있을 수 없는지도 모르겠다. 당사자 외엔 그 고통을 알 수 없기 때문이다. 자식이나 남편과 고통을 나누고 싶어도, 어떤 어머니나 아내도 그 일은 불가능하다.

## 경계의 끈을 놓지 않는다

사람들이 일제히 어떤 사안을 얘기할 때 거기에는 이미 어느 정도의 유행과 과장된 부분이 생겼다고 간주해, 나는 자동적으로 경계의 끈을 놓지 않는다.

## 폼 잡기 좋아하는 사람들의 허점

부장에게 머리 숙여 하는 인사는 그 부장이 권한을 갖고 있기 때문이다. 대부분은 사업상의 권한이므로 밥벌이와 밀접한 관계가 있다. 그런 논리가 빤히 보이는데도 폼 잡기를 좋아하는 사람이 세상에는 정말 많다. 본인에게는 그 우스꽝스러움이 보이지 않다니 참 안됐다.

우리들 모두가 일시적 모습으로 살고 있다. 자식을 잃으면 더 이상 아버지도 어머니도 아니다. 선생님으로 불리는 때는 교실 안에 있는 순간뿐으로 모르는 동네에서는 그저 한 남자나 여자에 지나지 않는다. 선거에서 낙선하면 국회의원이 아니고, 퇴관하면 재판관이라도 사기꾼으로 오해받을 수 있다.

일시적 모습인 자신을 늘 인식하며 살아가는 수밖에
달리 방법이 없다.

## 우정을 가로막는 요인

우정을 가로막는 요인은 고정 관념이다. 사실 그 사람의 행동이나 심리에는 타인이 이해할 수 없는 내막이 있게 마련이다. 이 점을 이해하는 한 인간은 결코 극단적 판단 따위는 하지 않는다.

## 인간 세계를 통찰하려면

　모든 이가 신앙을 가져야 한다고 말할 의도는 없다. 다만 인간의 시점만으로 인간 세계를 통찰할 수 있으리라고는 생각지 않는다. 우리들이 지형을 종합적으로 파악하려 할 때 으레 높은 곳에 오른다. 마찬가지로 신앙의 관점에서 신의 시점이 있어야 비로소 우리들은 인간 세계의 전체상을 이해할 수 있지 않을까 하는 생각이 든다.

## 돈을 적당하게 생각해서는 안 된다

어머니는 인간이란 나약한 존재이므로 돈을 적당하게 생각해서는 안 된다고 말씀하셨다. 돈이 없는 탓에 사람들은 불필요한 싸움을 하기 쉽다. 금전적으로 약간 여유가 있다면 친척이나 친구의 교제에서도 대범한 기분으로 손해를 볼 수도 있다. 그러나 돈이 없으면 누가 얼마를 냈는가에 항상 신경을 곤두세우게 된다.

그러나 돈을 무섭게 생각하라고 소심한 어머니는 내게 경계심도 심어주었다. "사람들로부터 이유 없는 돈을 내게 해서는 안 된다. 이득을 보고 싶다는 마음이 들 때면 이미 돈과 관련된 사건에 말려들 소지가 있으므로 조심하는 편이 좋다." 종합해보면 이런 내용이다.

어머니는 돈 사용에 대해서도 내게 가르쳤다. "사람들의 권유로 물건을 사서는 안 된다. 네가 원하면 사라. 돈을 무엇에 쓰며 무엇에 쓰지 않을 건가는 사회의 관습이 아닌 네 판단으로 결정해라. 결정한 후에는 사람들이 뭐라 하든 개의치 마라."

결국 어머니의 가르침은 자신이 당당한 주인이 되라는 것이었다.

어머니는 돈을 빌리고 갚음에 대해서도 가르쳤다. "돈을 빌려줘도 빌려서도 안 된다. 돈 부탁을 받았을 때 그 사람과의 관계나 그 사람이 처한 상황이 돈을 내주는 편이 좋겠다는 판단이 서면 빌려주는 게 아닌 내가 가능한 만큼 그냥 주도록 해라."

돈을 빌려주고 돌려받을 수 없게 되면 그 사람과의 우정은 깨져버린다. 그러나 그냥 주었다면 친구가 어려워할 때 조금이라도 도울 수 있어 '참 다행이다'라고 생각할 수 있다.

결혼 후 내가 행복하게 느꼈던 점은 남편과 금전 감각이 별로 다르지 않았다는 사실이다. 물론 처음엔 자잘한 마찰은 있었다.

결혼해서 내 소설이 이따금 잡지에 게재될 무렵, 문학

으로 신세진 분들께 감사의 선물을 보내기로 마음먹었다. 세상 물정을 잘 모르는 나로서는 당연한 일이었다. 남편은 "그런 인사치레는 하지 않아도 돼." 라고 했지만, 나는 "그래도 하는 것이 당연하지 않을까?' 하며 별의심을 하지 않았다. 그러나 얼마 후 나의 상식은 문학 세계에서는 통하지 않는다는 사실을 알아차렸다. 결국 약간 좋은 평이라도 듣게 되면 잽싸게 선물을 보내주는 약삭빠른 사람으로 어디에선가 인식되고 있었다.

약간 충격을 받았지만 한편으론 훌륭한 해방이었다. 다시 말해 대단히 기뻐하며 이후 일체의 연말 인사를 그만두었다. 나 스스로 그만둘 결단을 내리기가 좀처럼 어려웠는데, 막상 사람들로부터 말을 들어 그만두니 참으로 간단했다. 이것만으로도 나는 한결 가벼운 인생을 보낼 수 있었다.

정말로 어려울 때 도와주는 사람

정말로 어려울 때 도와주는 사람은 경제적으로 결코
여유 있는 사람도, 권력자도 아니다. 그들은 고통과 슬픔
을 맛본 사람들이다. 이런 관점으로 우리들의 우정을 재
인식하면 신선한 감동을 받을 수 있다.

## 용서, 인간 최고의 예술

스페인의 한 어머니 이야기이다. 그 어머니는 1936년부터 39년까지 계속된 스페인 내전 때 남편이 살해당했고, 자식들만 남았다.

"우리들은 아버지를 살해한 사람에 대한 용서를 평생토록 하지 않으면 안 된다." 하고 그 어머니는 말했다. 아마도 그 말은 사랑하는 남편을 잃어버린 그녀 자신이 필사적으로 스스로에게 되뇌는 말이었으리라. 그러나 참으로 위대한 말이었다. 원치 않았던 일을 대단히 훌륭하게 소망하는 일로 바꾸고자 하는 인간 최고의 예술이었다.

말없이 칭찬하는 일

　사람을 칭찬하는 일은 사실 기분 좋은 감정이다. 어떤
이의 존재로 인해 자신이 분명 행복해졌다고 믿는 그런
사람이 누구의 생애든 반드시 있게 마련이다. 나에게도
실로 많은 은인이 있다. 그중 수십 명은 직접 아는 사람
이지만, 나머지는 나 같은 팬이 있다는 사실도 전혀 눈치
채지 못하는 사람이다. 상대에게 내가 좋아했다는 마음
을 평생 알리지 않고 끝나는 것도 순수한 삶의 한 방법이
다.

## 도저히 양보할 수 없는 일

인간에게는 도저히 양보할 수 없는 일과 양보할 수 있는 일이 있다. 인간의 근본적인 사상에 관해서는 양보할 수 없는 경우도 많다.

## 반드시 홀로 해야 하는 일

자신의 가치관이나 장차 나아갈 방향을 타인이나 조
직, 혹은 사회나 국가가 결정해주길 바라는 자세만큼 위
험 천만한 것은 없다. 혼자 살아가는 생활이 생명의 위험
을 초래할 만한 상황에서는 무리를 짓지 않으면 안 되는
경우도 있지만, 자신과의 내면의 싸움만큼은 언제나 홀
로 해야 한다.

## 의심하는 능력도 키워야 한다

나는 지금까지 꽤나 특이한 나라들을 여행해왔다. 그 때문인지 의심하는 능력은 남들보다 발달되었다. 그런 능력이 발달되어 뭐가 그리 좋을까 하는 사람도 있겠지만, 나는 정말 좋았다고 생각한다. 그 덕분에 적지만 위기 관리 능력을 익혔다.

외국에 나가면 옆에 앉은 남자는 다 도둑놈이라고 생각하기 때문에 언제나 내 다리 사이에 가방을 바싹 끼워 놓고 앉는다. 별로 분위기 좋지 않은 인파가 붐비는 곳에 갈 때에는 액세서리를 빼거나 옷 속에 넣어둔다. 환전하는 남자는 그 나라 특유의 '속임수'를 써서 지폐 매수를 속일 것이 뻔하기 때문에 웬지 수상한 장소에서는 굉장히 득이 된다 해도 환전하지 않는다. 택시 기사가 혹여 이상한 사람일지도 모르므로 외국에서 혼자 택시를 탈 때는 언제나 라이터를 휴대한다. 차에 불을 붙여 멈추게 하기 위해서다. 그러나 아직 그런 위험한 짓은 한 번도 해본 적이 없다.

## 존재를 알리는 것과 진실을 나누는 것

인터넷의 가장 기본적인 효과는 첫째로 정보를 손쉽게 많이 얻을 수 있다는 점, 둘째로는 자신의 존재를 알리고 싶어하는 사람들의 생활이나 직업을 엿볼 수 있다는 점이다.

그 심정은 십분 이해하나, 나는 내 생활은 끝까지 감춰두고 싶다. 내가 하는 일 등은 작품으로써 발표하는 내용 외에는 베일로 감싸두고 싶다. 실제로 베일에 감쌀 만한 일은 아무것도 없고, 평범 중에서도 평범, 틈만 나면 낮잠, 목욕을 더할나위없이 좋아할 뿐이지만 그런 만큼 더욱 조용히 지내고 싶다.

마찬가지로 남들의 일도 그리 알고 싶은 생각이 없다.

아니 정확하게 말해서 나의 관심사는 오직 사람뿐이라고 말해도 좋을 정도지만——그리고 사실 나는 믿기 어려울 정도로 많은 사람과 진실한 마음으로 은밀한 대화가 가능했지만——인터넷 홈페이지에 올라와 있는 정도의 엿보기로는 그다지 재미가 없다.

현대인의 정열 가운데 하나가 자신의 일을 남에게 알리고 싶고, 타인의 일을 알고 싶은 게 아닌가 싶다. 그러나 나의 작가적 체험으로 볼 때 진실은 어지간히 성격이 특이한 사람이 아닌 한, 조용하고 은밀한 장소에서 자신이 좋아하는 사람에게만 이야기하는 법이다. 사람은 그리 쉽게 타인의 마음에 개입하는 일이 불가능하며 또 허용되지도 않기 때문이다.

## 비방할 때는 실명으로, 칭찬할 때는 익명으로

비판할 때 익명으로 하는 것은 자신의 언행 결과를 받아들이지 않겠다는 도주의 의사 표시이다. 그것은 무책임한 폭도의 심리와도 같다. 그러한 태도는 당사자의 기본적인 생활 자세에 심각한 영향을 끼치는 탓에 내 자식이 익명으로 발언하는 사람이 되지 않았으면 하고 바랄 뿐이다.

그러나 익명이 특별한 의미를 지녀 아름다워질 수 있는 경우는 단 한 가지다. 그것은 익명으로 사람을 칭찬하는 때이다. 그러므로 이상적으로 여겨지는 형태는 비방할 때에는 실명으로, 칭찬할 때는 익명으로 하는 방식이다.

나는 목숨을 소중히 여기므로 어떤 글을 씀으로써 목숨을 빼앗기거나, 투옥되거나, 고문을 당하거나 하는 사회 상황이 된다면 두려워서 금방 침묵할 거다. 어느 누구도 타인에게 목숨과 바꿀 만한 용기 있는 행위를 하라고 명할 수 없다. 그러한 경우 용기 있는 사람은 목숨을 걸고 지하로 잠입해 게릴라 전술을 쓰지만, 그런 용기가 없는 사람은 단지 조용히 물러나 있게 된다.

## 남이 돈을 어디에 쓰건 개의치 않는다

나는 남들이 자신의 돈을 어디에 쓰건 개의치 않는다. 때때로 정치가나 기업인, 이런 저런 사람들이 정부(情婦)를 두거나 호화 저택을 짓거나 비싼 그림을 사거나 해서 세상 사람들의 비난을 산다. 그러나 나는 '남에게 폐를 끼치지 않는 범위 내에서 자신의 돈을 쓴다면 어떤 일에 쓰든 그 사람 마음'이라고 줄곧 생각해왔다.

## 옮긴이의 글

몇 해 전 도쿄 여행길에서 하라주쿠(原宿) 근처를 돌아다니다 헌책방 BOOK·OFF에 들렀다. 말이 헌책방이지 정성들여 손질한, 새 책 못지않은 책들을, 진열한 지 3개월이 지나도 안 팔리는 책들은 무조건 100엔에 판다니 그 매력적인 가게 앞을 누가 그냥 지나칠 수 있겠는가. 이것저것 골라 들고 나온 책들 중 한 권이 바로《좋은 사람이길 포기하면 편안해지지(いい人をやめると樂になる)》였다. 물론 전적으로 제목 탓이었다. 이 이상 많은 사람들을 동시에 무릎 치게 하는 기발한 제목이 또 있을까?

그리고 나서 또 정신없이 한 두 해가 흐른 뒤, 작년 가을 유럽 여행길에서 북쪽의 베네치아라고 불리는 물과

운하의 도시 브루게(Brugge)에서 보낸 단 사흘 간의 꿈만 같던 황홀했던 시간을 난 잊을 수가 없다. 마치 동화의 나라처럼 신비롭고 사방이 그림 엽서처럼 아름다운 마을, 내가 머물렀던 아틀리에 작은 호텔의 일본어를 모르는 여주인 애니의 서재에 「いい人をやめると樂になる」가 꽂혀 있을 줄이야. 언젠가 며칠 그 곳에 머물렀던 일본인 화가가 떠날 때 애니에게 주고 간 선물이란다.

이렇게 이 책은 내게는 브루게(Brugge)에서의 아름다운 시간과 총총한 별빛 야경 속에서 정말 맛있게 먹었던 브루게 감자튀김의 소박하고 구수한 맛, 그리고 짧지만 진한 애니와의 추억이 한데 어우러져, 왠지 특별한 인연처럼 다가오는 남다른 책이다.

인생에서 가장 소중한 것은 무엇인가?
지금 우리는 어디로 가고 있는 것일까?

어디를 가고 있는지 생각할 겨를조차 없이 삭막하게 바삐 돌아가는 일상 속에서 이 책은 자꾸 우리에게 이렇게 묻는다.

"인생은 자전거 타기와 같아서 계속 페달을 밟고 있

으면 넘어지지 않는다."는 누군가의 말처럼, 넘어지지 않고 살아간다는 것, 이 또한 얼마나 어렵고 힘든 일인가?

그럼에도 불구하고 처음부터 우리가 인생을 모른 채, 주어진 하루하루를 살아왔음에 삶은 어떤 경우에나 정당하고 눈물겹고 아름답다.

어떻게 얻어낸 인생인데 무엇 하나 아름답지 않고 소중하지 않은 게 있으랴? 포용하고 감사하고 겸허하게 사랑하고 또 사랑할 수밖에. 생명이 있는 한, 이 고단한 삶 속에도 희망과 꿈과 따스함이 스며 있음을 우리는 알기에.

오경순

타산지석 시리즈

# "눈에는 보이지 않는 진짜 그 나라 이야기"

※타산지석 시리즈는 계속 발간됩니다.

# 마음을 열어주는 책

**약간의 거리를 둔다** 소노 아야코 지음/김욱 옮김/160면/9,900원
세상이 원하는 행복과 약간의 거리 두기. 타인이 바라는 나를 위해 애쓰지
않기.

**타인은 나를 모른다** 소노 아야코 지음/오근영 옮김/144면/9,900원
관계로부터 편안해지는 법. 타인과 나는 다르며, 또 절대 같아질 수 없음
을 상기시킨다. 이를 통해 타인으로부터의 강요는 물론, 나의 생각을 받아
들이지 못하는 상대로 인한 스트레스로부터 편안해진다. .

**남들처럼 결혼하지 않습니다** 소노 아야코 지음/오근영 옮김/216면/10,900원
아쿠타가와상 후보에 오르면서 문단에 데뷔한 일본의 소설가 소노 아야
코의 부부 심리 에세이.

**좋은 사람이길 포기하면 편안해지지** 소노 아야코 지음/오경순 옮김/176면/11,800원
사람으로부터 편안해지는 법. 타인을 미워하지 않고도 사람으로부터 받
은 상처를 극복할 수 있도록 도와주는 책.

**마흔 이후 나의 가치를 발견하다** 소노 아야코 지음/오경순 옮김/246면/13,000원
나이듦의 진정한 가치를 전함으로써 중년 이후의 삶에 대하여 기대를 품
게 한다. 마흔 이후의 삶이야말로 지금까지 발휘할 수 없었던 혜안을 통해
인생의 진정한 의미를 깨닫고 음미하며 완성해나갈 수 있음을 알려준다.

**조그맣게 살 거야** 진민영 지음/184면/11,200원
미니멀리스트 진민영 에세이. 외형적 단순함을 넘어 내면까지 비우는 삶
을 사는 미니멀 라이프 예찬론. 군더더기를 빼고 본질에 집중하는 삶을 통
해 '성공이 아닌 성장', '평가받는 행복이 아닌 진짜 나의 행복'으로 관점
을 바꿔준다.

**내향인입니다** 진민영 지음/160면/11,800원
홀로 최고의 시간을 보내는 내향인 이야기. 얕게는 내향성에 대한 소개부
터 깊게는 사회가 만들어놓은 많은 정형화된 '좋은 성격'에 대한 여러 가
지 회의적 의문을 제기한다.

옮긴이 오경순

일본어 전문 번역가.
고려대학교 일어일문학과 박사, 일본 무사시대학 객원연구원.
지은 책으로는 《번역투의 유혹》《한국인도 모르는 한국어》(공저),
옮긴 책으로는 《나는 이렇게 나이들고 싶다》《마흔 이후 나의 가치를 발견하
다》《세상의 그늘에서 행복을 보다》《성 바오로와의 만남》《오늘 하루도 감
사합니다》《녹색의 가르침》《덕분에》《위험한 도덕주의자》등이 있다.

## 좋은 사람이길 포기하면 편안해지지

1판 1쇄 발행  2018년 11월 1일
1판 2쇄 발행  2018년 12월 5일

지은이  소노 아야코
옮긴이  오경순
펴낸이  김현정
펴낸곳  도서출판리수

등록  제4-389호(2000년 1월 13일)
주소  서울시 성동구 행당로 76 110호
전화  2299-3703
팩스  2282-3152
홈페이지  www. risu. co. kr
이메일  risubook@hanmail. net

ⓒ 2018, 도서출판리수
ISBN 979-11-86274-42-2 03830

※책값은 뒤표지에 있습니다.
※잘못 제본된 책은 바꾸어 드립니다.
※이 도서의 국립중앙도서관 출판시도서목록(CIP)은 서지정보유통지원시스템 홈페이지
(http://seoji. nl. go. kr)와 국가자료공동목록시스템(http://www. nl. go. kr/kolisnet)에
서 이용하실 수 있습니다. (CIP제어번호 : CIP2018031660)